兒童文學叢書
·文學家系列·

王明心／著

倪　靖／繪

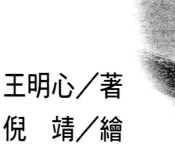

小小知更鳥

艾爾寇特與小婦人

三民書局

國家圖書館出版品預行編目資料

小小知更鳥:艾爾寇特與小婦人 / 王明心著;倪靖繪.－
－二版一刷.－－臺北市:三民,2009
面; 公分.－－(兒童文學叢書・文學家系列)

ISBN 978－957－14－2841－3 (精裝)

1.艾爾寇特(Alcott, Louisa, 1832－1888)－傳記－通
俗作品

859.6

© 小小知更鳥
——艾爾寇特與小婦人

著 作 人	王明心
繪 者	倪靖
發 行 人	劉振強
著作財產權人	三民書局股份有限公司
發 行 所	三民書局股份有限公司
	地址　臺北市復興北路386號
	電話　(02)25006600
	郵撥帳號　0009998-5
門 市 部	(復北店)臺北市復興北路386號
	(重南店)臺北市重慶南路一段61號
出 版 日 期	初版一刷　1999年2月
	二版一刷　2009年6月
編 號	S 853931

行政院新聞局登記證局版臺業字第○二○○號

ISBN 978-957-14-2841-3 (精裝)

http://www.sanmin.com.tw 三民網路書店

※本書如有缺頁、破損或裝訂錯誤,請寄回本公司更換。

閱　讀　之　旅

（主編的話）

　　很早就聽說過藝術大師米開蘭基羅、梵谷、莫內、林布蘭、塞尚等人的名字；也欣賞過文學名家狄更斯、馬克・吐溫、安徒生、珍・奧斯汀與莎士比亞的作品。

　　可是有關他們的童年故事、成長過程、鮮為人知的家居生活，以及如何走上藝術、文學之路的許許多多有趣故事，卻是在主編了這一系列的童書之後，才有了完整的印象，尤其在每一位作者的用心創造與撰寫中，讀之趣味盈然，好像也分享了藝術豐富的創作生命。

　　為孩子們編書、寫書，一直是我們這一群旅居海外的作者共同的心願，這個心願，終於因為三民書局的劉振強董事長，有意出版一系列全新創作的童書而宿願得償。這也是我們對國內兒童的一點小小奉獻。

　　西洋文學家與藝術家的故事，以往大多為翻譯作品，而且在文字與內容上，忽略了以孩子為主的趣味性，因此難免艱深枯燥；所以我們決定以生動、活潑的童心童趣，用兒童文學的創作方式，以孩子為本位，輕輕鬆鬆的走入畫家與文豪的真實內在，讓小朋友們在閱讀之旅中，充分享受到藝術與文學的廣闊世界，也拓展了孩子們海闊天空的內在領域，進而能培養出自我的欣賞品味與創作能力。

　　這一套書的作者們，都和我一樣對兒童文學情有獨鍾，對文學、藝術更是始終懷有熱誠，我們從計畫、設計、撰寫、到出版，歷時兩年多才完成，在這之中，國內國外電傳、聯絡，就有厚厚一大冊，我們的心願卻只有一個──為孩子們寫下有趣味、又有文學性的好書。

　　當世界越來越多元化、商品化的今天，許多屬於精神層面的內涵，逐漸在消失、退隱。然而，我始終牢記心理學上，人性內在的需求──求安全、溫飽之後更高層面的精神生活。我們是否因為孩子小，就只給與溫飽與安全，而忽略了精神陶冶？文學與美學的豐盈世界，是否因為速食文化的盛行而消減？這是值得做為父母的我們省思的問題，也是決定寫這一系列童書的用心。

　　我想這也是三民書局不惜成本、不以金錢計較而決心出版此一系列童書的本意。在我們握筆創作的過程中，最常牽動我們心思的動力，就是希望孩子們有一個愉快的閱讀之旅，充滿童心童趣的童年，讓他們除了溫飽安全之外，從小就有豐富的精神食糧，與閱讀的經驗。

　　最令人傲以示人的是，這一套書的作者，全是一時之選，不僅在寫作上經驗豐富，在文學上也學有專精，所以下筆創作，能深入淺出，饒然有趣，真正是老少皆喜，愛不釋手。譬如喻麗清，在散文與詩作上，素有才女之稱，在文壇上更擁有廣大的讀者群；韓秀與吳玲瑤，讀者更不陌生，韓秀博學用功，吳玲瑤幽默筆健，作品廣受歡迎；姚嘉為與王明心，都是外文系出身，對世界文學自然如數家珍，筆下生花；石麗東是新聞系高材生，收集資料豐富而翔實；李民安擅寫少年文學，雖然柯南・道爾非世界文豪，但福爾摩斯的偵探故事，怎能錯過？由她寫來更加懸疑如謎，趣味生動。從收集資料到撰寫成書，每一位作者的投入，都是心血的結晶，我衷心感謝。由這一群對文學又懂又愛的人來執筆寫文學大師的故事，不僅小朋友，我這個「老」朋友也讀之百遍從不厭倦。我真正感謝她們不惜時間、心血，投入為孩子寫作的行列，所以當她們對我「撒嬌」：「哇！比博士論文花的時間還多」時，我絕對相信，也更加由衷感謝，不僅為孩子，也為像我一樣喜歡文學的大孩子們，可以欣賞到如此圖文並茂，又生動有趣的童書欣喜。當然，如果沒有三民書局的支持、用心仔細的編輯，這一套書是無法以如此完美的面貌出現的。

　　讓我們一起——老老小小共同享受閱讀之樂、文學藝術之美，也與孩子們一起留下美好的閱讀記憶。

作 者 的 話

　　讀文學家的作品和讀文學家的傳記，很大的不同是：前者引你進入寬廣博深的文學世界，後者卻讓你得享「密室窺私」的樂趣。讀了傳記你才知道，原來一位知識豐富、見聞廣博的文豪，小時候是個不愛念書，經常逃課的「放牛班」學生；一位改變時代的偉大文學家之所以會開始創作，原來是因著一段令他心碎的初戀；一位寫出

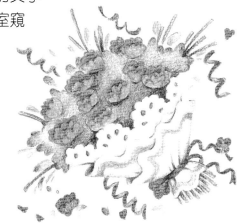

一個又一個美好姻緣的作家，自己卻終生未曾尋到兩情相悅的伴侶……。讀傳記，常常有驚奇。

　　露意莎‧艾爾寇特無意給你驚奇。

　　她將自己源源本本寫入《小婦人》中。她就是喬，喬就是她。喬男孩子氣，演戲時總是那位壓低嗓子，路見不平、拔刀救美的英雄；她個性堅毅，在家人陷入無助時，是一股大家可倚靠的力量；她心懷抱負，環境再惡劣，也不放棄文學的夢。露意莎‧艾爾寇特正是如此。因著這些特質，在家庭遭逢患難時，堅強

的扛起扶持養家的責任；在保守閉塞的十九世紀社會中，勇敢突破傳統對女性的束縛，不懼選擇一條與當時一般婦女不同的人生道路，毅然以寫作為終生職志。露意莎・艾爾寇特這份對文學的理想和執著，使她創作出經得起時代考驗的雋永作品。在這人心不古、價值混亂的新世紀中，讀者依然在她的作品裡，尋到人世間的真善美。

　　忠於內心，不懼與人不同，才能寫出真情，活得自在。

艾爾寇特

Louisa May Alcott

1832～1888

L. M. Alcott

1. 小小知更鳥

歡迎，歡迎，小陌生客。
不怕受傷和險惡。
我們高興你在這兒，
因你唱著好春近了。

　　這是八歲的露意莎・艾爾寇特寫的小詩〈給第一隻知更鳥〉，描述人們熬過寒冬後，第一次聽到樹頭的知更鳥報春時，內心的愉悅。

　　露意莎出生時，窗外雖沒有任何雀躍的知更鳥高興的唱歌，但剛來到世間的露意莎受歡迎的程度，一點也不亞於初春的第一隻知更鳥。那是一八三二年十一月二十九日，一個寒冽的冬日，在美國賓州的一個小鎮，觸目所及皆是白雪和枯枝，除了雪花輕飄外，大地一片死寂。突然艾爾寇特家響起了脆亮高昂、元氣十足的新生嬰兒哭聲，艾爾寇特先生興奮的歡呼，不

畏嬰兒身上的汙穢，抱著和他同一天生日這位
的露意莎快樂的旋跳。接生婆趕緊自如此搖
興奮過度的爸爸手中接過還不適宜晃
晃的嬰兒，幫她清洗乾淨。

艾爾寇特先生太高興了，匆匆親了太
太一下，就快速穿上外套衝了出去，踩踏
著高達小腿的積雪，迫不及待的要向住得
最近的鄰居——相距一英里外的漢斯家報
喜。漢斯家感染了他的喜悅，一家大小包
括七個小孩，一個不缺，全跟著他過來看
小露意莎，小屋頓時擠得水洩不通。屋外
寒氣逼人，毫無生機；屋內，因著小露意
莎的到來，熱鬧喧騰，生氣蓬勃。

艾爾寇特先生在鎮上的松地小學擔任
教師，出資創設學校的人便是鄰居漢斯先
生。學校位於低丘上，樹木蓊鬱，群鳥棲
息；不遠處有清澈流水，可沿溪漫步；又
有平原長滿鮮花，任人採擷。學校是一棟
方形的木屋，屋外是芳草茵茵、松木成蔭
的庭園。上課時，窗外的松香味常飄進來
與讀書聲相伴。

學校的環境優美，老師艾爾寇特先生
更是特別。當時學校教師都很注重為師者
的權威形象，總是不苟言笑、嚴肅冷峻，
上課氣氛沉悶無趣。艾爾寇特先生剛好相
反，他有他自己的一套教育理想。他認為
如果不能讓孩子們以學習為樂，就不是成

功ㄍㄨㄥ的ㄉㄜ教ㄐㄧㄠ育ㄩˋ。所ㄙㄨㄛˇ以ㄧˇ他ㄊㄚ用ㄩㄥˋ鮮ㄒㄧㄢ花ㄏㄨㄚ松ㄙㄨㄥ枝ㄓ裝ㄓㄨㄤ飾ㄕˋ教ㄐㄧㄠˋ室ㄕˋ，讓ㄖㄤˋ孩ㄏㄞˊ子ㄗ˙在ㄗㄞˋ美ㄇㄟˇ麗ㄌㄧˋ輕ㄑㄧㄥ鬆ㄙㄨㄥ的ㄉㄜ˙氣ㄑㄧˋ氛ㄈㄣ中ㄓㄨㄥ學ㄒㄩㄝˊ習ㄒㄧˊ。從ㄘㄨㄥˊ家ㄐㄧㄚ中ㄓㄨㄥ抱ㄅㄠˋ去ㄑㄩˋ一ㄧ百ㄅㄞˇ多ㄉㄨㄛ本ㄅㄣˇ書ㄕㄨ讓ㄖㄤˋ孩ㄏㄞˊ子ㄗ˙們ㄇㄣ˙自ㄗˋ由ㄧㄡˊ借ㄐㄧㄝˋ閱ㄩㄝˋ，在ㄗㄞˋ書ㄕㄨ

香中薰陶成長。當時的學校課桌都是好幾個孩子共用一張，艾爾寇特先生想盡辦法讓每個孩子都有自己的一張課桌，因為他認為每個人都該有一個獨立支配、不受干擾的學習空間。地理課時，不像別的老師總要學生死記背誦一些地理資料。他帶著孩子探察鎮上四周的地理環境，讓他們自製地圖。教孩子加減算術，從沒在黑板上演算過，而是發下一些豆子和木塊，讓他們在同時運用手和腦數算實物之中，進入抽象奇妙的數字世界。他甚至在當時普遍不重視體育的教育風氣下，每日堅持帶著孩子做體操。

艾爾寇特先生最與眾不同的教育觀念就是尊重兒童為學習主體。他認為無論男女，每一個孩子都該受教育。當他們學習時，應該受到尊重。就像大人一樣，他們會有自己的思想，他們所表達的意見就是代表一個學習主體的思想，不容忽略或輕看。這些想法在十九世紀的美國，是非常具革命性的創見。在保守的賓州鄉間，尤其不容易受到認同和肯定。家長們紛紛將孩子轉到別的學校就讀。

學生越來越少，學校的營運本來就困難，出資的漢斯先生不幸又在此時生病去世，松地小學關閉。艾爾寇特先生對教育的一腔熱忱無處發揮，家裡的經濟情況也

因沒有收入而越趨窘迫，該何去何從呢？艾爾寇特太太的娘家和大部分親戚都住在波士頓，也許先去波士頓看看吧。

兩歲的露意莎不識愁滋味，被姐姐安娜牽著手，開心的跟著提了大包小包的爸媽登上船，迎著海興奮的張著小手，任海風將細柔的髮絲吹得滿頭亂舞，覺得搬家好好玩。

小露意莎一點也不知道，此去她的人生將面對無數的遷徙、流離和波動。

2. 波士頓來去

這艘開往波士頓的船，提供了露意莎一個絕佳的探險機會。

才開船沒多久，艾爾寇特夫婦就發現露意莎不見了。鄰近的座位都不見她的蹤跡，大家開始往別的艙房找。找遍了整個客艙，半個影子也沒有。這下子大家都慌了。小小人兒一下子就在人群中消失，會不會掉到水裡了？一想到這個可能性，艾爾寇特太太忍不住哭出來。

已確定露意莎不在客艙，船員決定開始搜尋可能性很小的工作艙。這些地方悶熱又單調，照理說不會吸引小孩子停留，而且只有船員能夠出入，一個小孩子的出現應該會很明顯。

仍舊找不到露意莎。

她到底會在哪裡？難道真的掉下水了嗎？艾爾寇特太太無法原諒自己的大意。船上的旅客和艾爾寇特夫婦一樣焦急，熱

切盼望露意莎的小小身影會突然從哪個角落出現。

一個船員到引擎室去調整開關，門一開，赫然看到露意莎坐在轟隆作響的引擎室地上，滿面油汙，一臉無辜的笑著。她是怎麼進去引擎室的？裡面空無一人，她在裡面做些什麼？怎麼既不哭也不叫，好像一點也不害怕的樣子？沒有人明白。

露意莎這種不畏環境陌生，安全感十足的冒險犯難，卻把大人給嚇壞了的紀錄還不只一樁。

　　到了波士頓之後，艾爾寇特先生開辦了天柏學校，太太擔任音樂老師。姐姐上學，露意莎正樂得自由行動。對露意莎來說，波士頓真是個充滿探險誘惑的新奇世界，和以前的鄉村環境非常不同。馬車在街道上東來西往，上面坐著雍容美麗的淑女和氣度優雅的紳士。市集中，叫賣著各

式各樣的水果、布料、異國風味的道地香料等。衣衫襤褸的窮小孩在巷弄中追逐嬉戲。傳令員不時的搖鈴，大聲宣告政令和呼傳市內的最新消息，使得原本就人聲鼎沸的市區，更加熱鬧喧囂。

這些景象都吸引了露意莎的注意力。有一天，她又到路上探險，一邊走，一邊看街上的人們在做什麼，毫無察覺自己走了多遠。天漸漸的黑了，露意莎也走得累了，已經不知道要怎麼走回家。先歇會兒吧！露意莎在路旁階梯上坐下，不一會兒就靠在旁邊一隻大狗身上睡著了。不知道睡了多久，朦朧中聽到傳令員在叫喚：「走失了，孩子走失了，穿粉紅色洋裝、白帽子、綠鞋子的小女孩不見了！」「咦，那不是我嗎？」露意莎醒過來，大聲的回叫：「是我呀，我在這裡！」她高高興興的坐在傳令員的肩上回家。隔天，一隻手臂被綁在沙發扶手上，以示警告。

露意莎有沒有得到教訓？沒有。隔了不久，和媽媽

媽媽的決定，進西莎滋味跳進一意孤行的露意莎嘗試游泳的滋味，趁媽媽一時不察，「撲通」一聲跳進池子。媽媽見池子中載得驚慌得了不得，只見露意莎在池子中載浮載沉。正驚慌不知如何是好，忽然有一個黑人跳進池子，把露意莎拉出池外。媽媽向那個黑人道謝。正待想到向那個黑人道謝時，那個黑人早就不見蹤影。這次溺水被救的經驗，使露意莎終生難忘。

大街有爸爸比地方就是學校。唯一有趣的地方就是學校。

學校光線充足，學生的課桌上天柏，學校老師形排列。學生的課桌椅繞著老師成半圓形排列。

課時，師生活潑熱烈討論，不像別的學校只要學生死記死背一些資料。教室內有個地球儀，每次露意莎一到爸爸的學校，總要去東轉西轉。露意莎和爸爸一樣，嗜書如命，只是方式有點不同。到了教室，她喜歡搬出供學生借閱的圖書，當作積木，把它們堆起來做古堡高塔。她也喜歡聽爸爸上課，覺得他是全世界最聰明的人，因為他總能回答學生的問題。而且爸爸尊重學生，不因為他們是小孩而小看他們，露意莎覺得爸爸好棒，恨不得每天都能去爸爸的學校。只是爸媽覺得露意莎會擾亂上課，並不常允許她跟著去。

艾爾寇特先生覺得學校教育最重要的部分是要教學生如何思考、如何探索發掘人生的意義，這些比學會閱讀、寫字、算術更加重要。許多新英格蘭區的重要人士都支持他的教育理念，作家哲人愛默生更尊他為教育天才。

　　可惜家長們卻不如是想。他們納悶為什麼孩子不像別的學校學生一般，能搖頭晃腦背誦一些史實和數據，再看到艾爾寇特先生似乎無意改進，紛紛將孩子轉出。最後因為他邀請一個黑人小女孩來上學，僅剩的幾個學生也全部轉學。天柏學校宣告失敗。

　　愛默生是當代知名的哲學家。他鼓勵發展個人獨立思想；反對權威教育；主張自助自濟的生活方式；強調人和大自然間的神聖關係；鼓吹解放黑奴。有一次他來參觀學校，大大激賞艾爾寇特先生的教育哲學，並因此與他結為好友。

　　因著這樣的情誼，天柏學校結束後，艾爾寇特先生決定搬家到愛默生居住的康可鎮，也因此開始了露意莎一生中最快樂的時光。

3. 快樂康可居

露意莎是個活潑好動，對什麼事都興致勃勃，喜歡四處探險的孩子。以前在波士頓時，家住鬧區，街道繁忙熱鬧，真正能自由自在活動的空間有限。現在住在康可鎮，房子雖小，但是房子四周是美麗廣闊的大自然，任露意莎恣意遨遊。可在田地間跳躍追逐；在平野上採花捕蟲；躺臥

溪流旁仰望藍天；在森林中探險幻想。男孩子氣的露意莎並不喜歡玩洋娃娃或辦家家酒之類女孩子的玩意兒，對穿漂亮的衣服也沒什麼興趣。她最喜歡的就是奔跑，一天不出去跑跑，就全身不對勁。每天必定約村里間的男孩子賽跑，跑輸她的人，露意莎那天便不跟他玩了。日後談起自己這種熱愛奔馳的天性，露意莎笑著說:「我前輩子大概不是馬就是鹿。」

露意莎開始在家上學了，老師就是爸爸。露意莎不喜歡算術和文法，總是想盡辦法躲著不學。但她倒是很喜歡地理、歷史、作文、閱讀，書再多也不怕。

艾爾寇特先生認為不能讓小孩子樂在其中的學習，就是失敗的教育。所以，他用有趣的方式教露意莎字母，以自己的身體做出各個字母的形狀，例如 "I" 就是人站得挺直，

"X"則是四肢伸向四個方向。露意莎最喜歡爸爸示範"S",看他把頭頸身體扭曲成S形的滑稽樣子,總樂得哈哈大笑。

艾爾寇特先生不僅有與眾不同的教育哲學,生活哲學也很特殊。他認為簡樸過日是最好的生活方式,相信人的健康來自洗冷水澡、睡硬板床、呼吸新鮮空氣以及保持心情愉快。艾爾寇特一家人都不食糖、肉、奶油,不喝咖啡、茶;三餐只吃米、蔬菜、水果、花生、自然穀物,飲料只喝水和牛奶。

這些想法在今日並不稀奇,但在一百多年前,艾爾寇特先生卻被視為一個不可思議的怪人。但他不為所動,他告訴露意莎:「人要為自己而活,不必活在別人的眼光中。」爸爸超越世俗的見解和對理想的堅持,深深的影響了露意莎,也塑造了她一生堅守原則,不隨波逐流的個性。

有時,當同住康可鎮的哲學家梭羅沒

錢過日子時，艾爾寇特先生會請他過來擔任姐妹們的家教。梭羅的教育精神是大自然就是最好的教室。他會帶著孩子徒步旅行，沿途指點野花，觀察野生動物，觀看氣候變化，仰望雲的變幻；又帶著孩子在湖畔欣賞蓮花，尋找岸邊的水獺窩。

居住在康可鎮的這些年，露意莎養成了寫日記的習慣。在艾爾寇特家，日記不是隱私權的一部分，因為爸媽可以看。

露意莎並沒有因而不敢吐苦水或寫真心話。相反的，她非常喜歡，因為媽媽常常會在日記內夾上一張小簡，和她聊聊天，教她一些事理。無論家裡的情況多麼艱苦，媽媽對生活總是保持著愉快和冷靜的態度。她告訴露意莎，金錢和財產並不重要，快樂人生的要素是心中有愛、做正確的事，以及家人之間保持親密的感情。她也告訴露意莎，無論環境多麼困難，都可從生活中尋到寧靜喜樂——打雪仗、摘一束野花、夜裡在壁爐旁看書。媽媽一直是露意莎精神上的一股穩定的力量。露意莎從媽媽那裡所得到的愛和安全感，經由她的筆，全都傾洩表露在她的書中。

天柏學校失敗，艾爾寇特先生覺得自己的教育理想總被人誤解，頗為失意。搬來康可鎮後，便放棄教育工作。為了維持生計，只要有人願意雇用，無論伐木、種田、整理庭園，什麼工都可以做。這些工作大多是暫時性質，工資微薄又不固定。

艾爾寇特太太除了料理家事、照顧家人起居之外，又在屋後開墾一片菜園，胼手胝足，盡量節省開銷。此時家中已又添兩個妹妹：伊麗莎白和小美，經濟更加窘困。家中至今仍無力購備一個煮飯的爐灶，一天三餐都在生火取暖用的壁爐上煮成。

即使家用不充裕，艾爾寇特先生仍常拿已經很有限的錢去救濟別人，因為：「我們窮，還有人比我們更窮，我們不是應該去幫助他們嗎？」本來大家一天吃三餐，後來變為一天吃兩餐，其中一餐送給沒有食物可吃的人家。有一個寒冷的冬日下午，眼看壁爐裡的柴火就快要燒盡，突然鄰居送來一堆木柴，屋內可以繼續享有溫暖；但爸爸回來時，卻把這些木柴送到另一個窮人家，因為那個家庭有個生病的嬰孩，「比我們更需要溫暖」。他這種無私捨己的愛心，太太和女兒們全力支持，並以他的善良高貴為傲。外人則笑他只是個脫離現實，生活在自己夢土裡的瘋子。

家境雖然窮苦，露意莎和姐妹們的童年可一點也不貧乏。家裡沒有錢可以買玩具，沒關係，有趣的玩法不一定要花錢。露意莎和姐妹們玩捉迷藏、躲貓貓、比賽滾鐵

圈、爬樹、釣魚、在樹林中開草莓派對、在山坡上設一個小攤做為「郵局」，和附近的小孩交換著鮮花和書信。穀倉是「匹克威俱樂部」，露意莎和姐姐合辦了一份報紙，由姐姐寫些強說愁的傷感小故事，露意莎寫詩。

大家尤其喜歡在屋後儲放木柴的小棚前演戲，有時是自家姐妹演，有時則約集附近的小孩一起演，由露意莎擔任編劇兼導演。想像力不花錢，露意莎恣意的大編特編，大多是探險故事，少不得有勇敢的英雄、兇狠的惡棍，和可憐兮兮待人拯救的女孩。情節離奇誇張、超乎常情，從沒有人有異議。分配角色時，露意莎總自任英雄，故做傲視群賊的姿態，發出低沉而雄壯威武的聲音，揮著木劍跳來跳去。姐

姐安娜一定是那位溫柔可人，身處危險，正等著英雄拯救的少女。伊麗莎白和小美向來是能有得演就好高興，什麼角色都可以，有時一場戲裡身兼數角，一下子是賊窩的嘍囉，一下子是市集的小販，一樣演得不亦樂乎。

　　演戲雖然帶給她們莫大的快樂，有時也會造成麻煩的場面。有一天，愛默生先生帶一位富勒女士來拜訪艾爾寇特先生。富勒女士一直盛讚他的教育理念是真知灼見，熱切希望能見見根據這些理論所培育出來的「模範孩子」。馬車夫露意莎吆喝著進來了；接著千里馬安娜費力的拖進來一個木桶，不，一輛馬車，上坐身披床單、髮插樹枝的皇后小美；最後，漫天大叫的伊麗莎白也進來了，她是一條狗。富勒女士嚇呆了，一句話也說不出來。露意莎高興的向客人宣告：「我們就是模範孩子！」

　　這樣的日子，難怪露意莎日後回想時說：「那些快樂的時光、愉悅的心情、不受拘束的幻想，都使我覺得更接近上帝。在康可的那些日子，是我這一生中最美好的回憶。」

　　只是，快樂的時光為什麼總是不能長

久呢？

　當時英國有一位很崇敬艾爾寇特先生的教育人士，根據他的教育哲理學，創設了一所學校，就叫作「艾爾寇特之家」。一些欣賞艾爾寇特學論的教育人士，一八四二年的春天，他受邀前往，大家參觀，並與他分享、討論他的理念。夏天時，艾爾寇特先生自英國返回來，和他一起回來的，還有三個男人。

　艾爾寇特家面臨了一個前所未有的重大改變。

4. 公社生活

　　艾爾寇特先生一直是個忠實的超越論者。超越論是一門哲學思想，認為人可超越肉體私欲的束縛，讓存在內心的一股最真最深的力量來帶領人的生活。因為這份高貴精神的驅策，每個人都有能力創造一個愛與和平的環境，並在這個環境裡共同生活。艾爾寇特先生的好友愛默生和梭羅也都是超越論說的領導者。

　　艾爾寇特先生從不是只會清談空想的人，他總是勇於將理想付諸行動。以前他開設學校，將自己的教育理想實際發揮在教學上。現在他和同他一道自英國回來的三個人，希望夥同更多的人，合力創造一種理想生活，活出超越論真正的境界。

　　這群志同道合的朋友，在離康可鎮十五英里處買了一塊山坡地，建立一個自給自足的公社，大家摒除私念，不計私利，所有的物資和耕種所得都共同享有。他們

將公社取名為「果地」，一方面是山坡地上有許多果樹，一方面也期盼大家的理想能開花結果。

公社的目標是過一種簡單、樸素、清淨、寡欲的生活。因為簡單，所以所有的需要都自己補給。食物自己種，房子自己蓋，衣服自己做。因為樸素，所以生活裡只有工作、讀書，和日落時大家一起吟誦詩歌，沒有任何浮華奇巧的娛樂。因為清淨，所以嚴格施行素食：早餐是稀飯、麵包，和水；中餐吃麵包、蔬菜，和水；晚餐則是麵包、水果，和水。因為寡欲，所以生活各方面的需求都降到最低限度。

這種公社生活聽起來很完美，但想要達到真正的成功，必須付出許多時間、心力，和技術；也就是說，艾爾寇特太太和露意莎姐妹們要做很多工作。除了幫忙耕作，露意莎要燙衣、清掃、剝玉米、照顧小美。艾爾寇特太太最辛苦，因為她是唯一的主婦，必須做所有「女人的工作」。但她從不抱怨。她深愛著先生，只要是先生的理想，再多的苦，再大的犧牲，她都願意承受配合。

露意莎就不一樣了。個性反叛的她做得很不耐煩，嘴裡喃喃發牢

騷。要過公社所謂的「美好生活」，不只要做很多辛苦的工作，也要放棄許多生活的樂趣。這令好冒險、喜歡新奇有趣的事物、對很多事都興致勃勃想要嘗試的露意莎，簡直痛苦萬分，她一點也不喜歡這種「理想的公社生活」。會勉強提起精神做工，完全只為了減輕媽媽的工作負擔。

辛辛苦苦的耕種，終於到了收成的季節。此時男人們正巧受邀參加一個哲學會議，出場說明他們的實驗公社生活。只是去幾天而已，大麥晚幾天收割沒關係吧。

大麥可以等，天氣卻不等。他們離開後一天，天突然刮起了狂風，若再下起暴雨，一年的辛勞就全泡湯了。艾爾寇特太太帶著孩子們展開搶救行動，媽媽割下大

麥，孩子們把麥子裝進袋子、籃子，任何找得到的容器裡，然後提回穀倉。天不停的閃電打雷，她們也不斷在田地穀倉兩頭跑。最後累得腳都站不住，只能眼睜睜看著大雨把來不及收割的大麥摧殘殆盡。

收成不好，大家對如何過冬都憂心忡忡，公社的氣氛開始不對。有的人說工作太辛苦，有的人埋怨天氣太冷，有的人開始計較起收入。最後大家居然要求艾爾寇特先生與家人分開。他們的理由是，他身為理想生活的領導人，應該屬於大家，而不是緊緊與家人連結在一起。何況，既然要過清淨寡欲的生活，家庭關係自該避免，要求他把家人送走。

艾爾寇特一家為此召開家庭會議，大家哭成一團。熄燈之後，露莎和安娜窩在被裡相擁暗泣，兩人

抱在一起禱告，祈求上帝不要讓一家人分開。

艾爾寇特先生痛苦的掙扎在兩個抉擇之間。一邊是理想的實現，一邊是難捨的親情。最後他選擇了家庭，令其他人大失所望，再加上收成不好難過冬，大家都離開了。

艾爾寇特先生受到很大的打擊，覺得失敗的不只是公社，也是自己。不吃不喝不說話，經常好幾天不出門，獨自關在房裡看書。

此時，艾爾寇特太太再度表現了她的堅強。她告訴孩子，只要一家人在一起，再窮再苦也不怕。她耐心的照顧先生和孩子，並運用高度智慧，調度有限的物資和食糧，使大家平安的度過了這個冬天。

爸爸的公社理想也許幻滅了，但是媽媽對家的理想永不熄滅。

5. 慘綠少年

　　艾爾寇特太太自她父親那裡繼承了一些錢，加上愛默生先生資助了五百元，艾爾寇特家又搬回康可鎮，買了一間小屋。家庭安定下來，艾爾寇特先生終於走出陰霾，忙著整修老屋。

　　媽媽看出喜愛寫作的露意莎很渴望有自己的房間，便叮囑爸爸將連在屋後的倉庫改為兩個房間，一間是爸爸的書房，一間是露意莎的房間。露意莎從小夢想有自己的房間，現在終於有了，興奮的大叫大跳。露意莎到原野採了許多藥草，乾燥處理之後，吊在衣櫥裡，讓衣服散發出一股清香味。

又把書桌搬到窗下，在這裡，她伏案寫了上百首詩、故事，和劇本。最令她滿意的是，房間的門開向庭園，「隨時可以一轉身跑進森林。」

可是日子卻依然難過。艾爾寇特先生整天不是讀書沉思，就是和愛默生、梭羅大談人生哲學，似乎不知道過日子是需要錢的。他不但天生沒有賺錢的天賦，而且即使偶爾手邊有錢，也常不知該用於生活所須。有人看到艾爾寇特太太在大冷天還穿著陳舊不堪的棉布衣，就給他一些錢，要他買條溫暖的圍巾給太太。他拿錢到波士頓選購，回來時手上卻抱著一疊書。他並不是改變主意決定買書，不買圍巾，而是到了波士頓，一經過書店，壓根兒就忘了這檔子事。諸如此類的例子，層出不窮。

35

艾爾寇特

十三歲開始的露意莎，她的媽媽爸爸默默愛過日子。更忍不住的媽媽過度的操勞，媽媽總是帶著微笑，但是從早到晚，清理、

露解哀自己不時家友過她是勞媽著抱著到

意了。她靠和過得

貧難家的

歲開始的瞭悲於不娘好助令的

的過曾看忙

煮飯、提水、種菜、洗衣、燙衣、縫補衣服、教姐妹念書，夜深了，還要為別人縫製衣服以貼補家用，露意莎除了盡量幫忙外，小小年紀，常常思量著家裡的收支，以致鞋子變小時，竟會有罪惡感。乾脆光腳，告訴媽媽她喜歡赤足，自由自在，多好。

露意莎並不確定自己長大以後要做什麼。她有時想當演員，有時覺得作家也不錯。無論做什麼，都一定要賺夠錢。露意

莎暗下決心，要以一生的時間和心力來改善家境。不再讓媽媽為了家計擔憂辛勞；不必再穿褪色和修補過的衣服；大家將有一個溫暖的起居室，可以閒適的看書和彈奏樂器；安娜、伊麗莎白、小美能穿著漂亮的衣服赴餐宴舞會；每個人都有一匹小馬可騎；每一餐都有飯吃。

就像許多青少年一樣，露意莎常覺得生活苦悶，一方面煩惱家庭環境的困窘，一方面要應付自己青春期的善變情緒，一方面又要掙扎於傳統思想對女性角色的束縛。在十九世紀，婦女被視為丈夫的附屬品。女性不能擁有產業；不可以當老闆；不准與人簽定契約；沒有任何的財務信用。不只社會風氣如此，法律更明文規定，限制女性的權利。露意莎胸懷壯志，渴望成就一番大事業，可以「做一切想做的事」，而且要「很有錢，很出名，很快樂」。要

達到這些目標，勢必要有一份終身的職業。在當時的社會，一個女人擁有一份終身職業，意味著放棄擁有婚姻和孩子。

露意莎長得體健身長，跑得比男生還快，腦筋清楚，思路靈敏，為什麼不能和男生一較高下？為什麼要做一個「次等人類」？

想不通。有時想得半夜睡不著，獨自爬上樹幹，坐在樹上靜思。

對十幾歲的露意莎來說，這個世界充滿了困惑，找不到答案。

6. 生離死別

　　長期入不敷出，日子已經快過不下去了。波士頓的親戚幫艾爾寇特太太找了一個社工人員的工作，協助自愛爾蘭來的新移民適應新環境。為了生活，她接受了這工作。全家搬往波士頓。

　　露意莎並沒有重回舊地的喜悅。住過了淳樸寧謐、靈秀天成的康可鎮後，現在只覺得波士頓又吵又髒又亂。媽媽出去工作時，露意莎必須看家，在地下室清掃煮飯洗碗，覺得自己「好像一隻被關在籠子裡的海鷗」。好懷念在康可鎮的日子，那翁綠的森林、清新的空氣、涼澈的溪水，天堂一般。可是在康可的小屋已經被作家霍桑買下，回康可的夢變得渺茫而遙不可及。

　　更糟的是，露意莎開始體驗人生殘酷的一面。

　　艾爾寇特太太的工作很繁重，薪水很

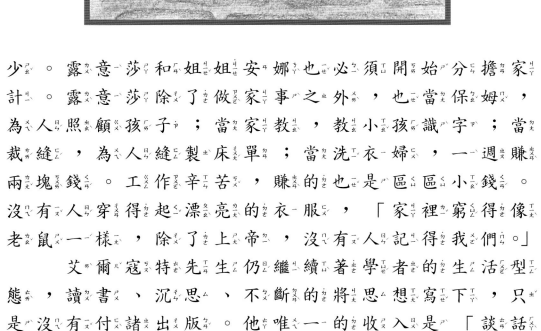

少。露意莎和姐姐安娜也必須開始分擔家計。露意莎除了做家事之外，也當保姆，為人照顧孩子；當家教，教小孩識字；當裁縫，為人縫製床單；當洗衣婦，一週賺兩塊錢。工作辛苦，賺的也是區區小錢。沒有人穿得起漂亮的衣服，「家裡窮得像老鼠一樣，除了上帝，沒有人記得我們。」

　　艾爾寇特先生仍繼續著學者的生活型態，讀書、沉思、不斷的將思想寫下，只是沒有付諸出版。他唯一的收入是「談話

費」。這是有些人希望聆聽他對教育和人生的理想，便付給他一些錢，請他與他們「談話」。艾爾寇特先生很喜歡這工作，他的話也的確激勵了許多人，但「談話費」只是象徵性的，金額微不足道。他毫不在意，有時甚至提供「免費談話」。

有一回，他受邀至西部講學。隔年春天回來，一踏進家門，大家爭先恐後的衝下樓迎接，緊抱著疲憊困頓的爸爸，問東問西。終於搶到空隙插嘴的小美天真的問：「爸爸，那你這次有賺到錢嗎？」艾爾寇特先生哀傷的苦笑著，從口袋裡拿出一塊錢：「就只有這樣。」邀請爸爸講學的人，沒有履行原先承諾的薪資約定。他的外套又被偷，用身上不多的錢買了件披肩保暖後，再扣去回來的旅費，就只剩下這一塊錢了！「不過我已經為前途開了一條路，」他試著樂觀的說：「希望明年的情況會好些。」

露意莎永遠忘不了媽媽的回答。她輕吻著爸爸的額頭：「我認為你已經做得很好了，親愛的。能平安回來就好，別的我們一點也不求。」

露意莎和姐姐強忍著淚，心中了然什麼是真愛。

一直挖空心思，想增加家裡收入的露意莎，一聽到有位律師到媽媽工作的社工機構，希望尋求一位看護，陪伴年老的父親和不良於行的妹妹，「工作很輕鬆，只要念書給他們聽就好。」露意莎極力爭取。雖然不知道明確的薪資為何，但照那位律師所說的「待遇優厚」，自然要比當家教和裁縫強得多。應徵到了工作，露意莎立刻啟程。

沒想到卻是一大磨難！

到了目的地後，露意莎才知道工作一點也不輕鬆，簡直是苦工。

每天自早上開始，露意莎必須提進許多桶煤；接著到水井打水，將水提到樓上；鏟除門前和所有走道上的雪；清理火爐和壁爐裡的灰燼；劈砍柴木；照顧爐火；護理兩個無法行動

的病人。等到被要求念書給他們聽時，露意莎已經累得只剩下一口氣。

最糟糕的是，雇主從未提過工資。

終於做完了原先約定的一個月，露意莎迫不及待的整理行囊。受看護的兩個病人卻苦苦哀求露意莎留下，那位律師的妹妹甚至淚流滿面，泣不成聲。露意莎硬不下心，只好答應等接替者來了之後再走，

如此又多留了三週。

離開時，那女孩塞給露意莎一個小錢包，想必是工資，露意莎沒有當場打開。到了車站等車時，露意莎打開一看，四塊錢！做了七個禮拜的苦工，只有四塊錢！露意莎氣得全身發抖，回到家，馬上把錢寄還回去。寧可沒錢，也不要這種侮辱！

露意莎左思右想，自己一直喜歡塗塗寫寫，也寫了不少故事和劇本，也許寫作投稿可以賺一些錢？這麼一打算，連看孩子和縫床單時，滿腦子都在構思文章。

十九歲那一年，露意莎試著將一首詩〈日光〉投到全國最大的婦女雜誌《彼得生》，竟獲刊登！興奮萬分的露意莎馬上計畫將自己當看護的經驗寫成一篇小說。寫好時，初生之犢不怕虎的將稿子拿至波士頓最知名的出版商「詹姆士菲爾德」。這家出版社才剛出版了霍桑的《紅字》，大為轟動。

登上位於「舊角落書店」二樓的出版社辦公室，露意莎滿懷希望的向主編呈上稿子。那位先生只隨便看了兩眼，便不耐煩的把稿子丟回，「妳根本不是寫作的材料，還是回去教小孩吧。」

　　主編的蔑視，不但沒有使露意莎因此氣餒喪志，反而激起她不認輸的鬥志。露意莎清楚自己對寫作的熱愛和意願，也對自己的寫作能力有自信。她下定決心，不但要繼續寫，而且有一天要讓「詹姆士菲爾德」反過來向她邀稿。幾年之後，她真的做到了。

　　露意莎以筆名「佛蘿拉」為週六晚報寫了〈天下第一對手唐娜斯〉，這是一系列庸俗煽情的愛情小說，沒有什麼文學價值，但讀者喜歡。又經爸爸的朋友襄助，出版了第一本書《花之寓言》，這是以前露意莎講給愛默生的女兒聽的一些詩和故事。雖然沒有一夜成名，稿費也只有三十

二元，但露意莎在文壇上已探出了頭角。

媽媽增蓋了閣樓，做為露意莎寫作的地方。一直渴望有獨處空間的露意莎，把自己關在斗室裡，「四周都是稿子。一邊啃著蘋果，一邊聽著鄰居修理屋頂的敲打旋律，心裡想著故事，盡情享受這份心靈的寧靜。」這一段，便成為《小婦人》中，喬躲在小閣樓寫作的場景。

大家住厭了繁囂的都市，艾爾寇特太太也工作得筋疲力盡。剛好有一位親戚願意免房租提供一鄉間小屋，露意莎一家便搬往新罕布夏州的渥爾普鎮。住了一些日子，家裡又面臨生活問題，露意莎和姐姐安娜離家工作，負起養家的責任。安娜到西羅克斯教書，露意莎回波士頓碰運氣。

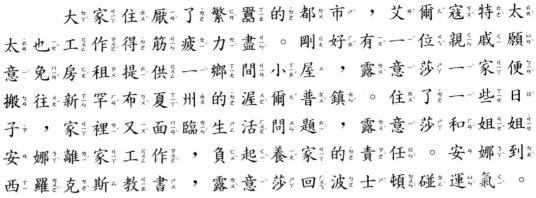

拎著一只皮箱，手上一疊稿子，口袋裡放著投稿得來的二十元，露意莎隻身回到了波士頓，一邊寫稿，一邊為人縫衣。稿子不一定獲採用，但日子一定要過。所以露意莎經常為了生活，縫衣直到天明。有一次，她甚至不眠不休的一口氣縫了十二個枕頭套、十二條床單、六條領帶，和兩打手帕，賺了四塊錢。

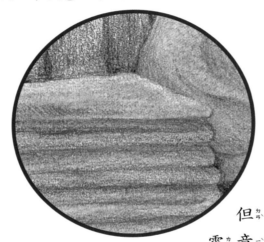

露意莎這麼努力工作，自己只留很少的錢，把家人的需要放在前面。除了寄錢回去，她幫爸爸買了好紙好筆，讓爸爸留下他的思想精華；為媽媽選了一條溫暖的羊毛圍巾；為伊麗莎白買了新衣。露意莎尤其憐愛家中老么小美，買了漂亮的蕾絲衣服和繪畫顏料給她。在給安娜的信中，她說：「小美那麼可愛，那麼美麗，又那麼

愛漂亮，不該穿別人留下來的醜衣服。我不在乎自己穿什麼，只希望能買最好的衣服給她，送她去歐洲學畫。」

　　波士頓的冬天又寒冷又孤單，幸好有許多人給予露意莎溫暖的情誼。有位表姐送她劇院的門票，幫她移轉想家的情緒。麗芝表姐送她一系列義大利文學講座的入場券，並送她平生第一件絲質洋裝，可穿

去參加正式宴會。極力反對酗酒、黑奴制度、性別歧視的派克牧師，每週邀請露意莎去參加在他家舉行的茶會。在茶會中，露意莎並不多話，只是靜靜的坐在角落，聽派克牧師講話。「他就像一把熊熊的火，讓每個來的人都覺得溫暖舒適。」在那裡，露意莎的辛勞和憂慮都可暫時放下。

更好的是，後來小美也來波士頓了。她住在一位姨媽家，由姨媽供應她學畫、音樂，和法文。露意莎省下每一分錢，買

給小美買精緻的好東西。小美能過這種好日子，她為什麼不能？她這麼辛苦，也該給自己什麼報償。她從來沒過過這種好日子，也沒想過自己該注重美感，倒覺得小美是個注重美感、又具藝術天賦的女孩，自己該盡力栽培她，讓她享有一切的美好。

家裡捎來一封信，伊麗莎白得了猩紅熱，病得很重，醫生說恐怕熬不過今年冬天。露意莎馬上放下一切趕回去。

伊麗莎白的身子原本就不強壯，現在被這傳染病搞得更加虛弱。見了露意莎，只能無力的微笑。醫生說，吹吹海風也許會有益。艾爾寇特太太便帶著伊麗莎白，去波士頓北邊的濱海小鎮住了一個月，但病情卻更為嚴重。艾爾寇特先生說，也許康可鎮的寧靜氣氛會有幫助。於是，全家又搬回康可鎮，由愛默生資助，買了一間老屋。

露意莎留在家裡照顧伊麗莎白，眼看著她逐日走向死亡。多少個寂靜的夜晚，露意莎守在床邊，多麼希望這只是個惡作劇，伊麗莎白還像以前一樣，突然霍地一聲起身，大笑著把棉被往露意莎頭上蓋。

多少個無眠的夜晚，病重不易入眠的伊麗莎白或看書或縫紉，總是小心翼翼，唯恐吵醒露意莎。背對伊麗莎白睡的露意莎，默默的淚流不止。有時伊麗莎白什麼也沒做，只是靜靜的、靜靜的，看著爐火，似乎在想些什麼，卻什麼也沒說。望著伊麗莎白投射在牆上的瘦弱影子，那麼安靜，那麼甜蜜，卻又那麼疲憊，露意莎心碎至極。「如果活下去只是受苦，我祈禱她能早一點走。」露意莎在日記上如此寫著。

終於，那一天到了。伊麗莎白放下了手上的針說：「太重了。」不久，就在露意莎的懷抱中，吐出了最後一口氣。

伊麗莎白走的隔年，安娜也走了，只

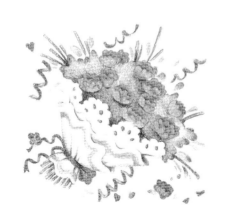

是離開的形式不同。安娜宣布將與約翰‧布雷特結婚。露意莎知道自己該為姐姐找到歸宿感到高興，可是心情就是不聽使喚的低落極了。從小安娜就是露意莎最好的朋友，兩人一起讀書，一起玩耍，一起照顧妹妹們，一起擔負家計的擔子。現在安娜要撇下她，自己另組家庭，怎不叫一直同甘共苦的露意莎失意？約翰其實是個慷慨溫和的好青年，但也許是偏見吧，露意莎總覺得他遲鈍極了。一直到婚禮結束了，還恨恨的在日記上寫著：「他最好讓安娜過著快樂的生活，否則我絕不原諒他把她帶走。」

家，一直是露意莎的生活重心，她不願見到大家分開，不管是因死亡或愛情。

伊麗莎白走了，安娜走了，爸媽也老了，小美還在念書，自己是唯一能賺錢養家的人。老屋的修理費加上伊麗莎白的醫藥費，使得家裡又債臺高築，露意莎不禁憂心如焚。

7. 戰地天使

　　正當露意莎拼命的縫衣、寫稿、當家教以償還債務時，解放黑奴的美國南北戰爭爆發了！康可鎮的男孩紛紛從軍，露意莎恨不得自己也是男兒身，一起上戰場。

　　露意莎在一個反對奴隸制度的家庭長大。小時候，有一次露意莎聽到廚房磚灶內有聲音，打開鐵門一看，眼前赫然是一張黑臉，正驚懼萬分的看著露意莎。露意莎趕忙把門一關，跑去找媽媽。媽媽要她不要告訴別人有黑奴躲在磚灶裡，這個黑奴若被抓走，會受到無情的鞭打，然後被鐵鍊鎖住，一路拖回主人家。爸爸有一些朋友，致力地下營救行動，可以祕密幫助這個黑奴逃往加拿大。爸爸也是黑奴制度的反對者，他開設天柏學校時，不計後果的邀請一個黑人小女孩來上學，結果導致學校關閉。

　　為什麼黑人就不是人？為什麼他們就

必須像牛馬般受人使役、遭人惡待？他們的人格比較低劣嗎？人性比較缺乏嗎？以至於不能受人平等看待？露意莎永遠也不會忘記，當她頑皮的跳下波士頓廣場的池子時，救她的並不是圍觀的白人，而是一位迅速行動，之後又默默離開的黑人。

不能上戰場，女孩子所能做的事就是在家為前線士兵縫製軍裝。露意莎縫著縫著，看著手上是針線不是刀槍，總覺得貢獻不夠。

不久，具有看護和照顧伊麗莎白經驗的露意莎，聽到前線醫院需要護士，她立刻申請。很快就被分發到遠在五百英里外

的喬治亞城的醫院工作。收到通知的當天下午，露意莎便提起行囊出發。

　　這所醫院原是一間老舊的旅館，因戰事臨時改為醫院。屋內到處擠滿了傷患，病床之間走道狹窄，觸目所及都是疾病、傷痛、死亡、恐懼。醫院的建築老舊，壁紙剝落，牆壁滲水，地上又溼又髒，空氣不流通，散發著一股令人作嘔的氣味。

　　露意莎和其他兩位護士同住一房。房間有幾扇窗戶的玻璃破了，寒風呼呼的吹進來。加上壁爐只有一點點火，連最基本的溫暖都難保。晚上躺在床上睡覺時，可

聽到蟑螂的逃竄聲，和老鼠在櫥櫃裡的撥弄聲。露意莎一點也不介意，她知道自己不是來享福的。醫院裡，滿滿都是為了一個高貴理念而負傷患病的士兵，她吃這麼一點苦算什麼？露意莎一心只想盡全力救護這些士兵，一點也沒想到，這些無怨尤的付出，竟種下了日後崛起文壇的因果。

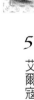

露意莎到的頭兩天，負責照顧傷寒、肺炎、麻疹病患，之後被調往急診室。急診室是原旅館的舞廳，設備因陋就簡，醫護人手不足，醫藥所須又常告缺。露意莎天天看重傷或重病的士兵被擔架抬進，有

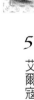

55
艾爾寇特

的哭天喊地，痛得大叫；有的奄奄一息，微聲呻吟；有的抬進來不久，還來不及救護，便傷重不治；有的進來時，已經全身冰冷僵硬，蓋上白布，等待運入停屍間。生和死，只有一線之隔。

露意莎一天的工作非常繁重。每天早上六點起床，藉著煤油燈，把衣服穿好；到病房將窗戶打開，雖然總招來打顫病人抱怨，但空氣這麼壞，不開窗，只會加速瘟疫傳布；為士兵切割盤裡的食物後，自己也吃點早餐。照露意莎的說法，那食物堪稱陳貨，「大概是獨立戰爭時吃剩的，一直留到現在。」麵包裡有鋸屑和沒有打散的酸酵粉，奶油鹹得半死；燉煮過的黑莓看起來像製成標本的蟑螂；茶只是一大桶水，上面浮著三片橘葉。接著，幫士兵洗臉，包紮傷口；教助理如何鋪床和清理病房；縫製繃帶；換洗病患的枕頭、床單、海綿、衣褲；隨時聽命醫生的吩咐，協助醫護工作。午餐後，有的病患睡午覺，有的看書，有的要露意莎幫他們寫信。一封又一封，露意莎幫他們把心中的思念和深情寄至遠方。「最難過的是，等到對方的回信寄來時，這個人往往已經去世了。」晚飯後，大家讀讀報，聊聊天，等待醫生最後一次巡視病房，露意莎發下大家的藥。九點一到，就寢鈴響，煤油燈關小，夜班

護士接班。

　　工作雖然辛苦，但露意莎一點也不抱怨，也不後悔當初的決定。在家書中，她告訴家人：「雖然常常想家，工作也很累，有時累得心臟疼痛，可是我很喜歡這個工作。在安慰、照顧，和鼓勵這些可憐的靈魂中，我找到了真正的平安和喜樂。」

　　看著病人被死亡的陰影追逐著，常帶給露意莎心靈上莫大的衝擊。剛到醫院的前幾天，看到一位病人總不進食，露意莎試著要餵他一些食物。這個病人聲音微弱的說：「我不認為我還能再吃東西，我的腹部被射傷了。不過我很想喝一點水。」露意莎一聽，趕快起身去拿水。回來時，那人已經死了。握著一杯水，露意莎呆站著，悲愴襲上全身。那人「死時，身邊沒有一

張熟識的面孔，沒有人和他道別，沒有人握著他的手，給他最後的溫暖。」甚至連最後一口水都來不及喝。

十二歲的比利有一天哭著醒來，全身發抖，「我夢見齊特也在這裡，可是現在我醒來，他並不在這裡，嗚……。」露意莎趕緊奔過去安慰他，試著讓他平靜下來。比利是個勇敢的小鼓號兵，軍隊生活對一個十二歲的小男孩來說，非常艱苦。幸好他認識了齊特，兩人成為好朋友。齊特照顧他，指導他，和他玩。

在費德利斯克堡之役中，比利發了高燒，不能再打鼓，昏昏沉沉躺在帳篷內。朦朧中聽到腳步雜沓聲，原來是兵敗撤退了。比利擔心齊特，不知他現在怎麼了。突然一雙強壯的手抱起他，是齊特！此後撤退的路上，比利一直在齊特的臂彎中昏睡著。有人願意和齊特輪流抱比利，齊特總是不肯，他要確定比利是安全的。比利醒來時，已經在醫院裡，立刻急著要找齊特，但他再也見不到齊特。這一路上，齊特一直負傷抱著比利。走過漫漫長路，好不容易將比利送到醫院，他自己卻已經再也無法在人生的路上走下去。

這些刻骨銘心的回憶，不但使露意莎永難忘懷，更成為日後她寫《醫院隨筆》時的素材。無數讀者從這些在生死邊緣所

流露的真情故事中，不但體驗了戰爭的無情和殘酷，也感受了生命的可貴和人性的光輝。

在醫院當護士，不但心靈受到衝擊，身體也大受打擊。許多護士因長時間暴露在病菌中而病倒，露意莎也不例外。有一天起床時，露意莎覺得身體很不舒服。但一想到醫院裡有那麼多人需要她照料，露意莎說什麼也不肯休息，勉強繼續工作，終究撐不住倒下了。露意莎患的是傷寒，病情嚴重。醫院要露意莎回家休養，但她卻覺得自己的身體只要休息一下，就可再恢復工作，執意不走。無可奈何，醫院只好請露意莎的父母親來把她帶回康可。

在爸爸媽媽日夜細心的照顧，醫生每日不斷的來家裡診治，小美溫柔熱切的在床旁念書唱歌下，因病而掉光頭髮的露意莎，終於在隔年四月痊癒。曾與死亡這麼接近，露意莎覺得生命「好像又重頭開始一樣，每樣東西看起來都這麼美麗清新。」

養病期間，露意莎試著將自己在醫院當護士的經驗寫下來。病好後，將這些片

段集為《醫院隨筆》，投至《民主之邦》雜誌。這是一份由反對奴隸制度的社會改革人士所辦的雜誌。《民主之邦》採用了露意莎的《醫院隨筆》，共分四次連載。

《醫院隨筆》刊登後，大受歡迎，來信如潮。讀者稱讚她「生動的描繪，使人有如身在其中」。全國各地的雜誌陸續予以轉載。「紅道」和「羅勃特兄弟」兩家出版社立刻上門，希望能將《醫院隨筆》印成書發行；另外三家出版社希望能為露意莎將來的作品出書；好幾家報社等著要露意莎的稿件；連巴爾的摩的出版商都爭著要露意莎的一本作品！大家的反應這麼熱烈，使得露意莎一下子在文壇上嶄露頭角，這是當初露意莎在醫院當護士，以及之後在床上將這些經驗寫下時，完全沒有想像到的。

露意莎一直不確定自己這輩子要做什麼。雖然一直喜歡寫作，也塗塗寫寫的寫了不少，但在這之前，她只把寫作投稿當作賺取額外收入以貼補家用的方法，並不真正將寫作視為終生的職志。這一次的成功，幫助露意莎確定了自己的人生方向。

露意莎也的確具備了一些成為文學家的條件。從小受到父母培養獨立思考的能力，對事理的判斷不盲從附會；又受爸爸的哲學家好友愛默生和梭羅的影響，對人生抱著思考的態度；再加上家中看書的習慣，和自己的寫作天分，都造就了露意莎成為偉大的作家。

《醫院隨筆》的初版賣得很好。才第一版，露意莎就得了三百四十元。露意莎開始大量寫作。若是文藝愛情故事，就用「伯納小姐」這個筆名，若是較嚴肅用心的作品，則用本名發表。在這一年，露意莎共賺了六百元稿費。

將寫作當作是終生的職志，使露意莎更專注的創作。而稿費收入的增加，也明顯的改善了家境。露意莎幾乎不為自己花錢，只想著要為家人做些什麼。她在日記上計畫著:「要付清所有的債務，要修理房子，給媽媽一間舒適溫暖的房間，送小美去義大利學畫……」

隔年的聖誕節前夕，露意莎出版了第

一本小說《心情》。開始有讀者在門前徘徊，希望能見見作者。露意莎一點也不喜歡這種受人仰慕的生活。寫作帶來名利，固然不壞，但名利帶來生活的羈絆，可就不怎麼美妙了。她只想安安靜靜的寫作，也希望讀者能默默的欣賞。大家在文字的世界裡無言的交流，不須近距離接觸。

「羅勃特兄弟」出版社希望露意莎能寫一本「給女孩子看的書」。對於這個建議，露意莎很不以為然。什麼是給女孩子看的書？女孩子必須看與男孩子不一樣的書嗎？有必要寫一本書，專門只給女孩子看嗎？雖然不喜歡這個差事，但看在「羅勃特兄弟」所開出的優厚稿酬分上，露意莎答應一試。

露意莎完全沒有料到，這個勉為其難的嘗試，不但使她一夜之間成為富婆，更使她在世界兒童文學史上，占了一席屹立不搖的重要地位。

8. 小婦人

　　起初，露意莎一點也不知道要怎麼寫這本「給女孩子看的書」。露意莎從小便男孩子氣，不喜歡女孩子的玩意。而且除了自己的姐妹外，也沒認識幾個女孩子。左思右想，好吧，就寫自家經驗吧！

　　露意莎把大家都放進新書《小婦人》裡。爸爸是馬曲家那位擔任隨軍牧師的爸爸。媽媽是任勞任怨，總是微笑面對人生的馬曲家媽媽。自己的四姐妹就是書中的四姐妹。安娜是溫柔的大姐梅姬，伊麗莎白是病弱的大妹貝絲，小美是愛撒嬌的小妹愛咪，自己是男孩子氣的喬。而曾對她表示愛慕的波蘭男孩則是鄰居男孩勞瑞。

　　不但書中的角色個性依照真實人物塑造，連家庭生活和一生遭遇都大致相同。只是露意莎將家裡多年來的困窘和煩惱拿開，而把家人之間的親密感情，和生活上的溫馨歡樂寫入書中。

　　一ㄧ開ㄞ始ㄕ動ㄉㄨㄥ筆ㄅㄧ，露ㄌㄨ意ㄧ莎ㄕㄚ就ㄐㄧㄡ心ㄒㄧㄣ無ㄨ旁ㄆㄤ驚ㄐㄧㄥ的ㄉㄜ專ㄓㄨㄢ注ㄓㄨ工ㄍㄨㄥ作ㄗㄨㄛ，很ㄏㄣ少ㄕㄠ離ㄌㄧ開ㄎㄞ房ㄈㄤ間ㄐㄧㄢ。寫ㄒㄧㄝ過ㄍㄨㄛ的ㄉㄜ部ㄅㄨ分ㄈㄣ，也ㄧㄝ很ㄏㄣ少ㄕㄠ再ㄗㄞ修ㄒㄧㄡ改ㄍㄞ。兩ㄌㄧㄤ個ㄍㄜ半ㄅㄢ月ㄩㄝ後ㄏㄡ，《小ㄒㄧㄠ婦ㄈㄨ人ㄖㄣ》完ㄨㄢ成ㄔㄥ了ㄌㄜ。將ㄐㄧㄤ書ㄕㄨ稿ㄍㄠ送ㄙㄨㄥ進ㄐㄧㄣ出ㄔㄨ版ㄅㄢ社ㄕㄜ，露ㄌㄨ意ㄧ莎ㄕㄚ擔ㄉㄢ心ㄒㄧㄣ著ㄓㄜ

「寫的只是自家的生活，這麼簡單真實的故事，讀者會不會覺得太無聊了。」

露意莎多慮了。這本「無聊的書」一出版，便造成空前的轟動。不到兩個月，第一版便銷售一空。出版社急切的催促露意莎繼續寫第二集。無數書迷等在屋外，想要一睹作家風采。露意莎很以這種盛名為苦，「大家來瞪著我們看，令我只想躲到林子裡。」各方書信如雪片般飛來。女孩子們紛紛詢問馬曲家的四姐妹最後和誰結婚。有的人甚至多次來信，苦苦哀求露意莎讓喬和勞瑞結合。對女孩子們讀完《小婦人》後，最大的關切是誰跟誰結婚，露意莎感嘆著說：「好像女人的人生終極目標就是結婚。」

出版社熱切請求露意莎寫《小婦人》第二集。今日坊間的《小婦人》就是合併了當年的一、二集。為了滿足讀者的好奇心，在第二集中，除了貝絲像伊麗莎白一樣病逝外，露意莎讓四姐妹中的其他兩位結了婚。大姊梅姬嫁給約翰，也就是真實世界的姐夫約翰。露意莎並沒有迎合讀者的要求，讓喬和勞瑞結婚，反而是愛咪嫁給了勞瑞。她的理由是：「我才不要為了討好大家，把喬嫁給勞瑞。何況媽媽也覺得他們兩個人不適合。」

第二集出版才兩週，就成為市場上最

65
艾爾寇特

暢銷的書。露意莎成了美國當時最知名的作家。不但如此，「羅勃特兄弟」讓她保有《小婦人》的版權；也就是說，除了最初交書時所拿的稿費外，之後每賣一本，露意莎就可拿到部分的利潤。《小婦人》不但在國內暢銷，連英國的出版社都希望能在英國代理出版。書賣得越多，露意莎賺的錢越多。一下子就把家裡積欠多年的債務還清。露意莎欣慰的跟自己說:「現在我可以安心的死了。」

完成《小婦人》第二集後，露意莎心有所感，馬上著手為女孩子寫另一本書，一系列介紹社會上的成功女性。這些有成就的女性，或醫生、或教師、或作家、或女權倡導者，一生雖然沒有結婚，但都有一番對人類社會很有助益的貢獻。書名就叫「快樂婦人」。露意莎希望能告訴女孩子，女人一生的快樂並不僅靠婚姻，才華貢獻的空間也不必局限在家庭之內。女人和男人一樣，該有自己的理想，也該為了理想的實現，努力奮鬥。盡量發揮才能，讓自己的一份力量不止於理家一途，更能對村里、社會、人類歷史有所貢獻。

露意莎戲稱《小婦人》是她「醜小鴨下的金蛋」。露意莎的金蛋可不只一顆。《小婦人》之後，又有《小男孩》，以安娜的兒子為書中的主人翁。此外，露意莎

尚出版了十五本散文集和十一本小說。

露意莎的成功，使她得以實現多年的心願——改善家人的環境。她為爸媽在康可買了一棟美麗的大房子，媽媽終於可以悠閒的坐在起居室看書、整理畫片，不必再為家裡的用度發愁；也幫安娜買了一間房子。當姐夫約翰不幸病逝，露意莎擔起了養育兩個外甥的責任；送小美到歐洲學畫，小美後來便在巴黎，與一位非常欣賞她藝術天賦的瑞士富商結婚。最受惠的人也許該算是爸爸。有了大房子，他經常廣邀好友聚集一堂，分享彼此的智慧。他認

為這是人生最大的快樂;到外地講學時,總受矚目敬重,大家尊他為「小婦人的祖父」;又藉露意莎之助,創辦了一所哲學學院。創校的第一個夏天,便有三十位來自全國各地的哲學家在此聚首研究。

露意莎一生未婚。一位單身女子獨自挑起整個家庭的責任,堅強如她,有時也會因肩頭擔子的沉重而感到疲憊吧。一八八八年,露意莎寫了一封信給姨媽,內附一首小詩,是以前在一位病患的枕頭下找到的,露意莎保存至今:

我不再積極勇敢,也不再健壯
這些都過去了
終於什麼也不必再做
我只做了半天工
這就是全部了
我給了寬容的上帝
一顆需要寬容的心

這也是她自己的心聲吧?露意莎在信中說:「讓負重擔的人知道這世界沒有了他們,一切還是照常繼續,並非一件壞事。如此他們才能平靜的放下肩上的擔子,愉悅的等待那一天的到來。」

露意莎在冥冥之中,隱隱覺得自己來日不多了嗎?信寄出去不久,露意莎就因

受風寒引起嚴重頭痛而陷入昏迷，沒幾天便去世了。

她的擔子終於卸下了。

多虧了她曾經挑起擔子，使世界上無數的孩子與成人得以與馬曲家的四姐妹相識，和他們一起共享溫馨的親情、真摯的友情，和甜蜜的愛情。露意莎將自己化身為喬，當讀者看著男孩子氣的喬粗聲粗氣的扮演海盜船長；或在閣樓埋首寫詩、編劇本；或面對勞瑞的求婚時，坦然直視自己的內心，露意莎就在那兒。

露意莎將自己放在《小婦人》之中，《小婦人》也將露意莎放在讀者心中。

艾爾寇特
Louisa May Alcott

艾爾寇特 小檔案

1832年　11月29日，生於美國賓州的一個小鎮。

1834年　和家人搬至波士頓。爸爸在那兒開設了天柏學校。

1840年　天柏學校失敗，全家搬至麻州康可鎮。

1843年　全家和父親的朋友們搬到麻州哈佛鎮，一起建立「果地農場」。

1845年　「果地農場」失敗，全家搬回康可鎮。終於有了自己的房間。

1849年　媽媽找到新工作，全家搬至波士頓，開始體驗人生的殘酷面。

1852年　《彼得生》雜誌刊出第一首詩作〈日光〉。

1855年　出版第一本書《花之寓言》。全家搬到新罕布夏州的渥爾普鎮後，獨自離家至波士頓工作。

1857年　全家搬回康可鎮。

1862年　到華盛頓特區任南北戰爭護士。

1863年　因染患傷寒而病倒。出版《醫院隨筆》。

1868年　出版《小婦人》。

1869年　完成《小婦人》第二集。

1885年　將全家搬至波士頓。

1886年　出版《小男孩》。

1888年　3月6日，逝世於波士頓。

寫書的人 ●●●●●●●●●●●●●●●●●●●

王明心

　　靜宜文理學院外文系英國文學組畢業，美國俄亥俄州立大學幼兒教育碩士。曾任美國公立小學及州立大學兒童發展中心教師、北卡書友會會長。譯有《怎麼聽？如何說？》，被選為全國十大好書之一，獲阿勃勒獎。

　　喜歡和孩子一起看書，左擁右抱，覺得世界盡在懷裡；喜歡和孩子一起唱歌，咸認浴室是最好的舞臺；喜歡和孩子一起爬山，在山徑中奔跑，覺得日子真是美好；喜歡和孩子一起過每一天，覺得又重回快樂童年。

畫畫的人 ●●●●●●●●●●●●●●●●●●●●

倪　靖

　　畢業於北京服裝學院裝潢設計，大學期間即開始從事兒童插畫創作的倪靖，從小喜歡收集各種設計新奇、可愛的手工藝品；喜歡大自然，她最大的夢想是能在燦爛的陽光下、清新的空氣中、豔麗的花叢裡作畫。

　　倪靖較擅長明快、隨意的畫風，最喜歡畫動物和小孩。對兒童插畫充滿熱情，希望能通過自己的畫，把溫馨、快樂帶給大家。

文學家系列

榮獲行政院新聞局第五屆人文類小太陽獎
行政院新聞局第十八次推介中小學生優良課外讀物
文建會「好書大家讀」活動推薦
文建會「好書大家讀」活動1999年度最佳少年兒童讀物獎

～ 帶領孩子親近十位曠世文才的生命故事 ～

每個文學家的一生，都充滿了傳奇……

震撼舞臺的人 —— 戲說莎士比亞　姚嘉為著／周靖龍繪

愛跳舞的女文豪 —— 珍・奧斯汀的魅力　石麗東、王明心著／郜　欣、倪　靖繪

醜小鴨變天鵝 —— 童話大師安徒生　簡　宛著／翱　子繪

怪異酷天才 —— 神祕小說之父愛倫坡　吳玲瑤著／郜　欣、倪　靖繪

尋夢的苦兒 —— 狄更斯的黑暗與光明　王明心著／江健文繪

俄羅斯的大橡樹 —— 小說天才屠格涅夫　韓　秀著／鄭凱軍、錢繼偉繪

小小知更鳥 —— 艾爾寇特與小婦人　王明心著／倪　靖繪

哈雷彗星來了 —— 馬克・吐溫傳奇　王明心著／于紹文繪

解剖大偵探 —— 柯南・道爾vs.福爾摩斯　李民安著／郜　欣、倪　靖繪

軟心腸的狼 —— 命運坎坷的傑克・倫敦　喻麗清著／鄭凱軍、錢繼偉繪

小太陽獎得獎評語

三民書局以兒童文學的創作方式介紹十位著名西洋文學家，
不僅以生動活潑的文筆和用心精製的編輯、繪畫引導兒童進入文學家的生命故事，
而且啟發孩子們欣賞和創造的泉源，值得予以肯定。

藝術的風華 · 文字的靈動

 兒童文學叢書·*藝術家系列*

榮獲 第四屆人文類小太陽獎
2002 年兒童及少年圖書類金鼎獎

~ 帶領孩子親近二十位藝術巨匠的心靈點滴 ~

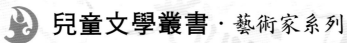

喬 托	達文西	米開蘭基羅	拉斐爾	拉突爾
林布蘭	維梅爾	米 勒	狄 嘉	塞 尚
羅 丹	莫 內	盧 梭	高 更	梵 谷
孟 克	羅特列克	康丁斯基	蒙德里安	克 利